On n'est pas des animaux !

Du même auteur

Collection "Les P'tits Bouts" (8 titres)
Le dico philo
Mots clés pour réussir ses dictées
ACTES SUD JUNIOR

De la même illustratrice

Par ici, la rentrée !
Récré : action !
ACTES SUD JUNIOR

Le voleur de poule
AUTREMENT JEUNESSE

Direction artistique : Guillaume Berga
Maquette : Amandine Chambosse

© Actes Sud, 2006
ISBN 2-7427-5853-4

*Loi 49-956 du 16 juillet 1949
sur les publications destinées à la jeunesse.*

Benoit Marchon • Béatrice Rodriguez

On n'est pas des animaux !

Un livre pour apprendre à bien vivre ensemble

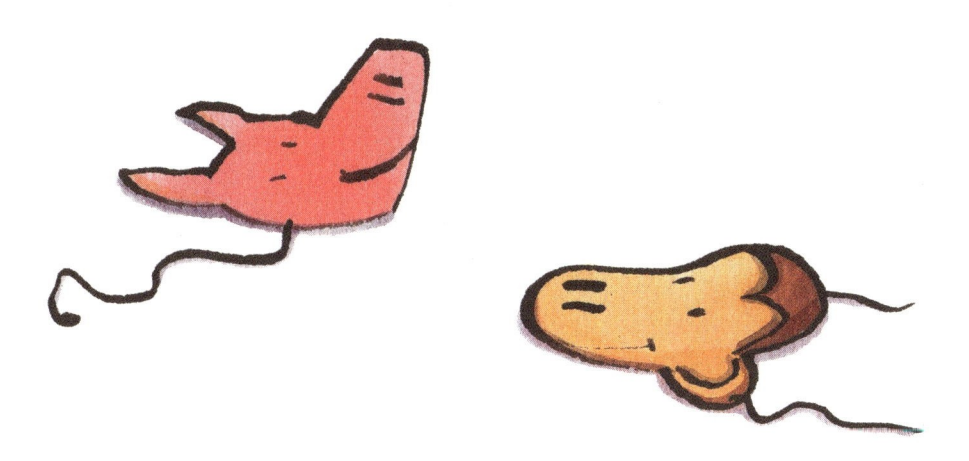

ACTES SUD JUNIOR

Les vaches mâchent, remâchent,
et remâchent l'herbe, la bouche ouverte.

Nous, on n'est pas des vaches !
Quand tu manges ou quand tu mâches
un chewing-gum, ferme la bouche.

Les hippopotames ouvrent tellement grand leur mâchoire qu'on voit jusqu'au fond de leur gorge. Berk !

Nous, on n'est pas des hippopotames !
Quand tu bâilles de fatigue,
mets ta main devant la bouche.

Les kangourous se bagarrent en se boxant quand ils ne sont pas contents.

Nous, on n'est pas des kangourous !

Quand tu n'es pas d'accord avec quelqu'un, tu t'expliques avec lui, tu ne te bagarres pas.

Les singes mangent n'importe comment et avec leurs mains.

Nous, on n'est pas des singes !
À table, essaie de rester assis et de manger avec tes couverts, pas avec les doigts.

Les poules caquettent toutes en même temps dans le poulailler.

Nous, on n'est pas des poules !
Ne parle pas en même temps que les autres.
Écoute-les et attends ton tour.

Les lamas crachent et postillonnent souvent.

Nous, on n'est pas des lamas !
Ne crache pas par terre, c'est dégoûtant !

Les caméléons tirent une langue immense pour attraper leur proie.

Nous, on n'est pas des caméléons !
Ne tire pas la langue aux autres.
(Sauf chez le médecin.)

Les cochons font des saletés partout.

Nous, on n'est pas des cochons !
Quand tu te laves, essaie de ne pas trop éclabousser partout.

Les hamsters gonflent leurs joues avec la nourriture.

Nous, on n'est pas des hamsters !
Ne mets pas trop de nourriture dans ta bouche,
et ne parle pas la bouche pleine.

Les chiens font pipi n'importe où.

Nous, on n'est pas des chiens !
Quand tu as envie de faire pipi,
cherche des toilettes ou un endroit discret.

Reproduit et achevé d'imprimer
en décembre 2005
par l'imprimerie Fot
à Pusignan
pour le compte des éditions
ACTES SUD
Le Méjan - Place Nina-Berberova
13200 Arles

Dépôt légal
1re édition : février 2006
(Imprimé en France)